जज़्बात ऐ किताब

कुछ बातें कुछ दास्ताँ

Published by

जज़्बात ऐ किताब

Written By Sukhwinder Singh (Tera Sukhi)

Copyright ©

Sukhwinder Singh (Tera Sukhi) - POETRY WORLD

ORG 2021

ISBN (Paperback) - 978-93-89959-45-1

First Edition : 2021

Book Design by POETRY WORLD

जज़्बात ऐ किताब

कुछ बातें कुछ दास्ताँ

By

Tera Sukhi (सुखविंदर सिंह)

INDEX

ऐसा करते है

ऐसा करते है हम इश्क़ ऐसा क्यों करते हैं

इबादत यार से, इश्क़ किसी ओर से करते हैं।

सांसो में सांस भरने वाला याद आया और

यादों में याद भी हम किसी ओर को करते हैं,

उसे देखा है क्या कभी किसी ने जिसको

जिस धुंधले चाँद को हम हर रात में मिलते हैं।

निगाहें सेक ली गई आज फिर उसे देख कर

जिसकी लपटों में हम सर से पाँव जलते हैं,

छालों के ज़ख्म, बहुत प्यारे है हमको ज़ख्म

और मेरे ख़्वाबों में जो उनके ख़्वाब पलते हैं..

शाम से शब का फासला ज़्यादा नहीं लगता

तेरी यादें मिल जाए तो ये पल मिलों चलते हैं।

गलत फैसला

गलत फैसला फासले हमारे दरमियां बढ़ा आया

दूर पहले ही था खुद से मैं तूँ और दूर छोड़ आया,

छोड़ना था तो छोड़ देता मुझे अकेला पहले ही

तूँ बे वजह आधी शब ऐ अंधरों में मुझे छोड़ आया।

डर तो नहीं है कोई मगर डर भी है दिल मे मेरे एक!

मैं अंधरों से नहीं मैं उजलों से रिश्ता तोड़ आया।

उजालें से रिश्ता कोई नहीं था मेरा, तूने जोड़ा था

जोड़ कर तूँ मुझे फिर से सो टुकड़ों में तोड़ आया।

किसके आगोश में रह रहा है तूँ आज कल बता

अरे तूँ तो सुना है आसमां से भी मुह मोड़ आया।

अपना कहकर

अपना कहकर अपना होने दो मुझे इन आसमानों का

रिश्ता एक और आसमां से जुड़ने दो आशियानों का।

धराशाही रह जाने दो सब की साज़िशों को अब तुम

छोड़ो मुझे दिल को हो जाने दो अब इन आइनो का,

सुना हैं मैंने सूरतें ये सब को सब की सच्ची दिखाते है

मुझे कैद करो ना अपने में चेहरा देखने दो अपनो का।

सर पर सूरज खड़ा है पाँव में अंधेरा पड़ा है सोचता
हूँ

गुज़र जाने दुँ ज़िन्दगी को हाथ मिलाकर ज़मानों
का,

इश्क़ तो मैंने भी करा उसने भी भरपूर करा बदले में

घटा कुछ न, हश्र बुरा हुआ सुख आजमाने वालों का।

धुंधली सी याद

एक धुंधली सी याद मेरे ज़हन में बसा करती थी

सुबह शाम ना जाने क्यों मुझे वो पुकारा करती थी,

खामोशी मेरे चारों ओर की जिस्म से कुरेद कुरेद कर

ना जाने क्यों मुझ से मेरी वो रूह छीना करती थी।

एक धुंधली सी याद अक्सर जब कभी मैं सोने लगूँ

आँखें बंद होते ही उसकी तस्वीर बनाया करती थी,

रोता हुआ मुरझाया उसका चेहरा अनदेखा भी नहीं
होता

उसकी मासूमियत मुझ को झिंझोड़ा करती थी..

मन सोचता था हर घड़ी मैं उसे भुला क्यों नहीं पा
रहा

जो एक बेचैनी है दिल में उसे निकाल क्यों नहीं पा
रहा।

बचपन की मस्तियाँ

मुझे फुर्सत नहीं करने को दोस्तों से मस्तियाँ

यहाँ ऊंची इमारतें है ऊंची सबकी हस्तियाँ,

बेश किमती महंगा हुआ इश्क़ इन खुदारों में

"रिश्तों" को मिलाकर सब चीज़े हुई सस्तियाँ।

यारों के नाम के जाम आज भी इंतज़ार में है

घुट वो बचपन की यादों का करे मस्तियाँ।

बस्ता लगा मेरे हाथ वो बन्द पड़ा सन्दूक में!

बचपन की याद आई कागज़ की कश्तियाँ..

सकूँ न मिले आज इन बारिश की बूंदों में

बादलों में दिखती थी तस्वीरे भी छपतियाँ,

तलाश है मुझे मन्ज़िल की गुमनाम राहों मे

जहां घर था मेरा किसने उजाड़ी ये बस्तियाँ।

शाम उदासी की

ये शाम उदासी की मूरत है जो उन्होंने बनाई है

दुपट्टे पर उनके तनहाई ने करी जो कढ़ाई है,

शाम की उदासी की सादगी भी उनके जैसी

जिनके हुस्न की खुशबू हमे बड़ी दूर से आई है।

हमारी हंसी पर एतबार मत कीजिए मियां

इस हंसी की हमने बहुत कीमत चुकाई है,

बिक गया मेरा ज़मीर भी घर बार भी शायद!

जान दी मैंने यार को, बात दुनिया से छुपाई है।

ख्यालों में ख्वाबों में घर बना लिया यादों ने

मेरे सपनों की उनसे अब लग चुकी लड़ाई है।

वो सोते थे साथ बिस्तर पर मोहब्बत की रात..

हमें नींद ना आई जब उन्होंने तोड़ी अंगड़ाई है।

छोटी छोटी

छोटी छोटी खुशियों की छीनी चाबी है

दुनिया यँहा दिल पर मेरे हुई हावी है,

जाने ताला कौन लगा गया सोचता हूँ

दिखता है वो चेहरा उसका फरेबी है..

वो अपना है जिसने ये साज़िश रची है

गैरों से मिला हाथ मेरी सोची बर्बादी है।

गिला नहीं इस बात का, हुआ मैं बर्बाद

मलाल है उसने ज़्यादा देर लगा दी है।

तड़पते देखना चाहता है तो देख मुझे!

तेरे खातिर अपनी हर खुशी जला दी है,

जल्लाद भी तुझ से ज़्यादा बेहतर है वो

सुख तूने शब्दों में मुझे मौत फरमा दी है।

स्थिर रहिये

स्थिर रहिये आप, मौसम तो बदलते रहेंगे

महफ़ूज़ रहिये दिल मे तूफान चलते रहेंगे,

डरिये मत आप अब इन गरजते बादलों से..

बिजलियों की चमक से अश्क़ बहते रहेंगे।

स्थिर रहिये आप, क्यों डरते है आंधियों से

आपके लिए इनसे हम यूँ ही लड़ते रहेंगे,

जंग में घाहिल सैनिक है हम, सब दुश्मन

इमैदान के इश्क़ में शहीद हम होते रहेंगे।

अब आँखों मे आंखें डाल रूबरू होने दो

हमनवा, ये मौत के बाद भी हम जीते रहेंगे।

स्थिर रहिये

मैं नासमझ

मैं नासमझ ही ठीक हूँ तो समझदार क्यों बनू

नहीं बनना समझदार तो सब ठीक क्यों करूँ?

यूँ तो कुछ गलतियां भी ज़रूरी है हो जाने दो

मेरी मोहब्बत है तुम से, तो ज़माने से क्यों डरूँ?

ख़ौफ़ तो ज़िंदा रहेगा हमेशा तेरे आने जाने का

जां ने बिछाए कांटे तो फिर चलने से क्यों डरूँ?

तहज़ीब से बोला है, रूह को जिस्म से तोला है

मैं मेरा इश्क़ हल्का लगा तुम्हे तो मैं क्या करूँ?

जाओ जिनका पलड़ा भारी उनके दिल में रहो

जाओ खरीद लो प्यार मैं उन्हें भी अपना मानूँ,

नीलाम तेरी हर खुशी के खातिर मैं खुद हो जाऊं

जां टुकड़े जितने चाहे उतने करो मैं आह ना करूँ।

मुझे भी सीखा दो

मुझे भी सीखा दो मेरी जाना हँसा कैसे जाता है

तीर लफ़्ज़ों का बताओ ज़रा कसा कैसे जाता है,

सहारा तो चाहिए कमान उठाने के लिए, बताओ

जिस्से प्यार हो उसे शिकार बनाया कैसे जाता है?

मैं अनजान हूँ इश्क़ ऐ आँखों के समंदर से, बताओ

आसमां का पानी आँखों से बरसाया कैसे जाता है?

तुम वाकिफ़ हो इस मामलात से इश्क़ ऐ वफ़ा में!

किसी आशिक को बताओ तड़पाया कैसे जाता है?

यँहा सब भीड़ का हिस्सा है तमाशा देखने आए है

मुझे भी सिखाओ किसी को रुलाया कैसे जाता है?

भीड़ में शामिल होना अब मुझे भी सिखलाओ

मुझे भी सीखा दो मेरी जाना हँसा कैसे जाता है।

सोचा न था

ये कयामत का कहर अब मेरे घर आएगा

सोचा न था ये इतनी जल्दी घर कर जएगा,

खुशियों के पल मेरे हिस्से अभी तो आये थे

बंटवारा तकलीफों का अब सर हो जाएगा।

गुनाह जो किये ही नहीं तुमने, ना मैंने जान

जान दोनों की पिंजरे में कैद ये कर जाएगा।

कैद ताउम्र रिश्तों की पहले से बनी पहेली है

ये एक और बुझारत बुझने को देकर जाएगा।

कैसे बुझाऊँ पहेली को उलझन बहुत है

उलझाव इसका बोझा तबाह कर जाएगा,

ओढ़ लूं बड़ी खुशी से इसे भी खुदा गर कहे

ज़ख़्मों पर मरहम तेरा यार लगा कर जाएगा।

ये वो दौर है

ये वो दौर है जहाँ सब के सब चोर है

शरीफों की बस्ती में आज मचा शोर है,

चोरी हुई शब ऐ चाँद की मेरी छत से

बादलों का काफिला आया घना घोर है।

जलाए तूने क्यों थे ये चिराग मेरे नाम के

लोह भी तूने बुझाई, हवा भी यँहा चोर है,

अंधेरो में अंधेरा सांय सांय करने लगा

सितारों का ना चलेगा अब शब पे ज़ोर है।

ज़ोर आज़माइश क्या करोगे यार अब तुम

अब तुम हम तुम यँहा सब जंगल के शेर है,

शिकार किसी की नहीं मिल पा रहा खाना

देखो मांस खाने वाले चबा रहे अब बेर है।

हम दोनों

हम दोनों में से जब हम निकल गया

हम हम ना रहे जो था सब बदल गया,

फूँक तो मारी थी हमने बुझाने के लिए

बरसात अश्कों की, मेरा इश्क़ जल गया।

आँच धीमे से तेज़ हो उठी पता लगाओ

कोई इसमें मैं तो नहीं, क्या तूँ जल गया?

ठीक है जल जाने दे इसमें क्या हर्ज है

मेरी जुस्तजू तेरा फ़र्ज़ भी तो बदल गया।

आज बदनाम हो रहा हूँ तेरे नाम से मैं...

सुना है तेरा नाम सुख नाम से बदल गया।

मिल कभी कर मुलाकात अरसे बीत गए

तेरी याद में जां देख हर मौसम बदल गया।

संकट के बादल

संकट के बादल उजालों के बाद छंट जाएंगे

हम पहले ही आधे अधूरे है अब बंट जाएंगे,

बांट तो लिया है सांसो को मेरी तुमने पहले ही

जिस्म दिल आपस मे लड़ कर मिट जाएंगे।

मिटा दो ना, हटा दो ना इसे, निकलो दिल से

कहती हो मन ही मन हम खुद ही हट जाएंगे,

परिंदो ने आसमां बांट लिया आज आपस मे

क्या हुआ शाखों से पत्ते एक आध घट जाएंगे।

एक ओर आसमां में बादल अभी भी है मौजूद

मौजूद है घटाएं, उजाले अभी और घट जाएंगे।

देखूँ कैसे मैं उसे निगाहें फेर चुका जो मुझ से

ढलती शाम के रंग सुनो! अंधरों में बंट जाएंगे।

हम तुम

हम तुम प्रेम के कैदी जां, यँहा सब ज़ज़्बात फरार है

कोई गुनाह नहीं इश्क़ किया तभी हम गुनहगार है।

कोई जात नहीं इसको कैसे धर्म बनाऊँ इसे बताओ

यँहा तो मेरी जान चार धर्मों में भी आई तकरार है।

पाँचवां बना तो लूं, इसे कैसे मैं बनाऊँ अपना धर्म मैं

मेरी तरह सब की सोच पर अधर्म ने किया वार है।

भाईचारा तो है मेरे घर हर गली मोहले शहर में यँहा

ये मेरा मुल्क आज़ाद ना सहे आवाम अत्याचार है।

बुझाओ कोई ये आग क्यों जलाते हो इंसान को यँहा?

आग लगाई किस ने जो काले धुएँ का उठा गुमबार है,

हिंदुस्ता मेरा मूल्क आबाद, आज़ाद सारी आवाम है!

मिट्टी में वीरों का खून शामिल इतिहास का सार है।

कम भी हो गर

कम भी हो गर इश्क़ जाना निभाना तो चाहिए

कतरा कतरा ख़फ़ा अश्क़ों को बहाना तो चाहिए,

निकल आते है मेरी तरह बे वजह मुझ से मिलने

जज़्बातों को तेरी तरहं कुछ बतलाना तो चाहिए।

मिटा दिया मैंने सब कुछ तेरे सिवाए खुद, के आज

तुम कहती थी ना मुझे तुम्हारा ज़रा होना तो
चाहिए,

तूँ भी उजालों सी दिखाई पड़ती है हर सुबह मुझे

असीर इन निगाहों को मेरी तुम्हें बनाना तो चाहिए।

तुमने मेरे असीर ऐ ख़यालों को बना तो लिया है

जिस्म को सिय्यरे आज़ाद अब कराना तो चाहिए,

यादगारी है तेरी आज भी जिंदा और मैं मर चुका हूँ

कफ़न करने अदा मुझे जाना, तुम्हे आना तो चाहिए।

जब भी मिलना

जब भी मिलना हो तब आया करो

पलकों से नफ़स को मेरी दबाया करो,

मत पूछो हाल ऐ मंदा कैसे हुआ ये

बस मेरी सांसो को सहलाया करो...

जो चलती नहीं है आज कल यूँ ही,

जो लड़खड़ाती है उसे चलाया करो।

ज़ुबाँ है मेरी ये या तुम हो पता नहीं

पता लगे तो तुम तो मुझे बताया करो,

दम में दम भरो मुझ में आकर अब

दम निकलने तक तो रुक जाया करो।

रुक जाता है सब वक़्त का ये आलम

तुम ही कुछ यँहा हलचल मचाया करो,

आतिश ऐ हिज्र में सुलगा दिल गुलाम

इस गुलाम को कुछ तो फ़रमाया करो।

जान भी है तेरे कदमो में मेरी ये, इसे

पैरों की आरिश पायल में जड़ाया करो,

रौंदो या धूल में मिलाओ मर्ज़ी तुम्हारी

रज़ा या इनकार कुछ तो बताया करो।

फ़र्ज़ मत निभाओ ना कोई करो अदा

फ़र्ज़ी इश्क़ कम से कम दिखाया करो,

बेजान में जान फूंको करो जादू ऐसा

आकर मुझ से मुरदे को जगाया कर।

एक समय के बाद

एक समय के बाद धुंधले से तेरे नक्श मिटा दूंगा मैं

याद आओगी मगर तुम्हे तुम्हारी तरह भुला दूंगा मैं,

इतना आसान नहीं अब ये जीना भी क्या जीना?

बसर हो जाए दो पल फिर खुद को मिटा दूंगा मैं।

पढ़ना चाहता हूँ सारे ख़त तेरे जो लिखे है मुझे जां

पढ़ू मगर कैसे इन आँखों से अश्क़ छलका दूँगा मैं,

पढ़ लूँ क्या? एक दफा दिल तो बहुत है पढ़ने का

कसम तुम्हारी की पढ़कर इन्हें फिर जला दूँगा मैं।

मियार की नींव कमज़ोर हो गयी है जो तुमने बनाई

इश्क़ की मियार तूम्हारी के हमारी इसे गिरा दूँगा मैं,

तैरना नहीं आता नाव है मझदार में मेरी आज यूँ

वेहशत ऐ दरिया है, जो उसमे खुद को डूबा दूँगा मैं।

मर्यादा रिश्तों की

इस लिए मौन हूँ रिश्तों की मर्यादा मुझे मालूम है

मिला करो मुश्किलों से ये वख्त बड़ा ज़ालिम है,

नज़रें मिलाया करो खुद से नज़रें चुराने वालों!

तराशा करो खुद को यही सबसे बड़ी तालीम है।

टूटने वाले टूट कर बिखर गए कच्चे घड़े मट्टी के

कैसे ठहर पता है घड़े में पानी से लेनी तालीम है,

तालीम वो नही जो पढ़ ली जाए या लिखी जाए

तजुर्बा है जिसके पास गिरेवान में वही अलिम है।

छुपाया तो क्या छुपाया खुद से खुद की चोरी हुई

भरपाई तुझे ही करनी होगी कल ना आदिम है।

हार बैठा सब कुछ हार के हाथों से नाकाम हुआ

गर हारा सो दफा कामयाबी एक मर्तबा आदिम है,

आएगी कदमो में तेरे भी आज को सवार अपने

कल वो बीत गया अच्छा बुरा सब तुझे मालूम है।

कयामत का कहर

ये कयामत का कहर अब मेरे घर आएगा

सोचा न था ये इतनी जल्दी घर कर जएगा,

खुशियों के पल मेरे हिस्से अभी तो आये थे!

बंटवारा तकलीफों का अब सर हो जाएगा,

गुनाह जो किये ही नहीं तुमने ना मैंने जान

जान दोनों की पिंजरे में कैद ये कर जाएगा।

कैद ताउम्र रिश्तों की पहले से बनी पहेली है

ये एक और बुझारत बुझने को देकर जाएगा,

कैसे बुझाऊँ इस पहेली को? उलझन बहुत है

उलझाव इसका बोझा मुझे तबाह कर जाएगा।

तबाही क्या होगी मेरी ये खुद सोचो तो ज़रा

कांटे सूलों की चादर तोहफों में देकर जाएगा।

सोचने का मज़ा

आज तुम्हें सोचने का मज़ा कुछ और है

तुम्हारी खुशामदीद ऐ रज़ा कुछ और है,

दर्द तो बहुत देती है ये शाम हर शाम में...

ढलता सूरज देखने में मज़ा कुछ और है।

आई शब ऐ रात अंधेरों को दोस्त बनाकर

चिरागों से दुश्मनी का मज़ा कुछ और है,

खता जो मैंने करी दिल लगा कर तुझ से..

आई आईने की सदा ये टूटा कुछ और है।

निगाहें मिलाकर क्यूँ फेरी मुझ से जान

निगाहें तीर ऐ क़ज़ा का मज़ा कुछ और है।

दुनिया वाले

दुनिया वाले मुझ पर हंस रहे है तो हसने दो ना

सितम जो किये सज़ा मुझे अब भुगतने दो ना,

मेरा ये अंदाज मेरा ये लिबाज़ मैंने खुद चुना है!

जो मुझे पागल काफिर कहते है कहने दो ना।

उड़ती धूल के कण कण में मिलना चाहता हूँ मैं

मत दफ़नाओ मुझे अभी रूह को टहलने दो ना,

रोको ना कोई हवाओं का रुख मोड़ो मेरी तरफ

मैं पहले ही ज़मीं में दफन हूँ ओर गढ़ने दो ना।

इस रात के काले आसमां की चमक तो देखो

क्या फर्क पड़ता है जलते चिराग बुझने दो ना,

गूँगों की बस्ती है खामोशी से सब देखते है!

अंधे है हम ठोकर खाते हुए अकेले चलने दो ना।

साथ कहाँ तक

कँहा तक निभाओगे साथ मेरा कल बिछड़ना ही है

इन सितारों को आसमां से एक दिन झड़ना ही है,

मुलाकात करें भी, तो किस से करें हम मोहब्बत ये?

बात कुछ यूँ है! जान ने भी सीने से निकलना ही है।

निकल आये अश्क़ों पर पंख भी मेरे उस रोज़ से

मालूम पड़ा शब को सुबह की धूप में ढलना ही है।

ढलती शाम का आलम हमारा कुछ यूँ होगा आज

यादों की लोह पर दिल के मांस ने सुलगना ही है,

हवाएं भी देखो तेज़ कर रही है इस आग को अब!

इसकी आँच में लगता है मेरा घर बार जलना ही है।

समान जल जाए सब मगर तेरी तस्वीरें बचा लूँगा

छालों की मरहम बनकर ज़ख़्मों पर पिघलना ही है,

हाथों की लकीरों को कह दो जाकर इन नसीबों से

मेरे हिस्से का खुदा ने लिखा जो मुझे मिलना ही है।

बिछड़ गया जो उसका गम नहीं मुझे अब जान

क्यों करूँ तुझसे मुलाकात तूने जब बिछड़ना ही है।

कँहा तक निभाओगे साथ मेरा कल बिछड़ना ही है,

इन सितारों को आसमां से एक दिन झड़ना ही है।

भूल जा ऐ दिल

भूल जा ऐ दिल बिछड़ा कल

गवां मत आज के खूबसूरत पल,

ढूंढो तो ज़रा वो मौसम आज में

शाखों से पत्ते रूठे सब मांगे जल।

घटाओं में बादलों ने बदला रंग यूँ

काले पड़े सफेद सच आज कल,

सुनेहरे गुल गुलज़ार लश्कर बने

बागीचे उजड़े माली आएगा कल।

रखवाली पहरेदार आसमां सुनले

सब सो गए हम भी सोने चले चल,

बना मेरा कोई हमदर्द ऐसी धूप में

सहारा में समंदर उछालें दोनों चल।

कसूर किसका था

कुसूर किसका था? कुसूर वार मैं ही ठहराया गया

भरी अदालत शोख ऐ सभा में मैं आज़माया गया,

जानना उसने मुनासिब ना समझा मोहब्बत को!

उसके बयानों से मैं ही क्यूँ कुसूर वार बनाया गया।

मोहब्बत करी दोनों ने, अकेला पड़ा मैं पीड़ा में

उसकी नज़रें झुकी रही जब मुझे सूली चढ़ाया गया,

उसने आह ना भरी मेरे दिल की सदा गूँजती रही।

निगाहें लड़ने लगी उनकी जब अश्क़ बुलाया गया

बयां झूठे ही भरे उस अश्क़ ने मेरी ख़िलाफ़त में,

शायद उसे भी हिज़ के आग का सेक सिकाया गया।

अब तो फंदे ने भी बगावत करी जल्लाद से मेरे लिए!

देखो मेरा कत्ल करने के लिए खंज़र बनवाया गया।

कसूर किसका था

रात है की

ये रात है कि राहत की अब सांस नहीं मुझे

कल सुबह में तू नहीं लेकर जाएगी साथ मुझे,

वंही अकेला बैठा हूँ अब भी तेरे इंतज़ार में

भेज कोई खत पैगाम किसी के हाथ मुझे।

अब ये खता बिस्तर से जो हुई मिटती नहीं है

बेवफ़ा कहते है ये चादर तकिये तेरे साथ मुझे,

सिला भी क्या खूब दिया मोहब्बत का तूने!

अर्ज़मन्द ज़हर बनाया मेरी जुबाँ के साथ मुझे।

याद भी तेरी तरह क्या रात में खूब सताती है

नहीं जीने देती तेरी याद खुद के साथ मुझे,

अब खुद से जंग लड़ रहा हूँ मैं हर दिन रात

मोहब्बत ऐ अख्ज़ काश ले जाती तू साथ मुझे।

रात गुज़र गयी यूँ ही आज फिर तेरे ख्यालों में

तू दफ़न करना भूल गयी तेरे इश्क़ के साथ मुझे।

देर तक

देर तक देखते रहे वो ये तमाशा

जो इस गली में टहलने आये थे,

हाथ बरसातों ने मिलाया तुफानो से।

खुद डूब गए हम उन्हें डूबाने आये थे

दिल की कहने की यँहा मनाही है,

हम तो हाल दीवारों से कहने आये थे।

जो बतला न सकी किसी को राज़ ये

मिसर के फरिश्ते उसे मनाने आये थे,

दफ़न हुआ वो राज़ दफ़न हो गया जां!

तेरी याद को जिस्म से मिटाने आये थे।

यँहा तो रेंगते अधमरे से है सब लोग

ये बाजार बताओ तुम क्या लेने आये थे।

कहने दो मुझ को

ये आसमां चाँद सितारे बादलों को कहने दो मुझ को

मैं भला बुरा ही ठीक हूँ जैसा हूँ वैसा रहने दो मुझ
को,

आदत तुम्हारी भी है ये भी क्या भला बुरी आदत है।

शराब से ज़्यादा नशा तुम्हारा इसे होने दो मुझ को

बदल गया हूँ मैं क्या तुम ऐसा सोच कर बैठी हो
जान,

तो मैं बदल ही गया हूँ बदला हुआ रहने दो मुझ को।

तुम जब छोड़ कर गई थी हिज़्र की आग सुलगाई थी!

जाम से पूछो क्या हाल हमारा, शराब पीने दो मुझ
को

अब अपने मुंह से उगलो मत हाल ऐ बयां मेरी जाना।

जान लेकर गयी हो तो अब ज़हर पीने दो मुझ को

मत सहलाओ मेरे जिस्म को ये उंगलिया जल
जाएंगी,

फूंक दी तुमने तो इसमें दहकने दो जलने दो मुझ को।

जैसे कुछ हुआ नहीं

खुशमिज़ाज़ दिखता हूँ मगर कभी हंसा नहीं

सबको लगता है जैसे मेरे साथ कुछ हुआ नहीं,

हस्ता चेहरा मेरा सब देखते है सुबह से शाम

खुद को खुश आज तलक मैंने कभी देखा नहीं।

आईने में दरारें आ गई मेरे घर मे टँगा दीवार पर!

जब से तूँ गई है जान आईना भी मैंने देखा नहीं।

ये चीखें सुनाई नहीं देती मुझे अब दिल की मेरी

मौत की सदा गूँजती है कफ़न भी कोई देता नहीं,

कब से बैठा हूँ मैं शब ऐ अंधेरा हुआ इंतज़ार में...

ना तूँ आई ना मौत आई दोनों में फ़र्क लगता नहीं।

सब सोचना छोड़ चुका, नाम मिटा चुका तेरा मैं

हर ज़ख्म दर्द की आह से नाम तेरा मिटता नहीं।

किस के साथ गुज़ारे शाम

तेरे सिवा हम किसके साथ गुज़ारें शाम

मेरी ज़िन्दगी में ऐसा कोई नहीं है नाम,

तूँ साथ रहकर भी बड़ी दूर होने लगा है

अकेले में गुज़र जाती है हर सुबह शाम।

परिंदों के जोड़े को टूटते मैंने देखा है

अकेले उड़ रहे थे वही आज की शाम,

राहें वही है उनकी कुछ बदल नहीं है पर

एक दूजे को भेजा उन्होंने मौत का पैगाम।

मौत भी आई तो रोने लगी मुझे देख कर

बोली आजा दोनों पियें दर्द का भरा जाम,

मेरी आँखों से अश्क़ नहीं लहू निकला है!

तेरी यादों ने मजबूर किया आज की शाम।

दुआ है

दुआ है के मुझे न कामयाबी मिलती रहे

ज़िन्दगी से तूँ तुझ से ज़िंदगी मिलती रहे,

हमने चोट खाई बुरे वख्त की बड़ी गहरी

हमे तेरी यादों की गहरी खाई मिलती रहे।

जिसमे डूब जाएं, जज़्बात करें खुदकुशी

मेरे बंजर जज़्बातों को नमी मिलती रहे।

न तैरना आये मुझे यादों के समंदर में, पर

दुआ करो के किनारे से जुदाई मिलती रहे।

झरने मेरे अश्क़ों के गहराइयों में गिरते है

गहराइयों में परछाइयां तेरी मिलती रहे,

तूँ आ जाती है क्यों बिन बुलाए आखिर?

मेरे कानों में क्यों तेरी ख़ामोशी मिलती रहें।

तुम्हारी फ़िक्र होती है

हमें तुम्हारी फ़िक्र होती है

निगाहें तुम्हारी जब रोती है,

लगाओ गले से हम को तुम

हर रात तुम्हारी याद आती है।

अब मौत करो अदा हमको

तुम्हारी याद हमे सताती है,

सुबह क्या शाम क्या ये रात

हर सांस से आह निकलती है।

राहें मेरे साथ साथ चलती थी

आज वही राहें धोखा देती है,

साया कहो या परछाई उसको

मैं तन्हा पर वो खुश दिखती है।

तुम्हारी फ़िक्र होती है

तुम दूर हो मगर

तुम दूर होकर भी मुझ में रहते हो

आज भी तुम इन सांसो में बस्ते हो,

होठों पर आए कुछ लफ्ज़ बन कर

तुम मेरे ही खिलाफ सब कहते हो।

साज़िश बनाकर मेरे कत्ल की तुम

वैर दिल मे लेकर इश्क़ निभाते हो,

गले से लग कर सकूँ के पल दे कर

तुम पीठ पीछे गहरे ज़ख़्म देते हो।

एक हाथ खंज़र दूसरे हाथ गुलाब

मन में मनसूबे कत्ल के बनाते हो,

साथ हवाओं का अपना कर तुम

दहशत के तुफानो में बदल जाते हो।

किया महसूस

किया महसूस जब ये हवाओ का रुख हम ने

हिज़्र में हम खुद को धूल बना कर उड़ाते रहे,

कभी शीशे पर जमे कभी झूठ के आईने पर

धूल बन हम खुद को आइनों पर जमाते रहे।

आज भी हम कैद इश्क़ ऐ गुलाब की धुल है

हम किताबों के पन्नो में खुद को दबाते रहे,

नींद उड़ा कर निगाहों से हमारी तुम हमें ही

तुम हमें ही हमारे बिस्तर से क्यों लड़ाते रहे।

जान लिए हथेली पर चिराग जला कर हम

अंधरों में उजालों को चीख़ चीख बुलाते रहे,

मिटा कर खुद का वजूद हम तेरे खातिर हम

हर रोज़ ये जंग जो खुद से खुद को हराते रहे।

किया महसूस

मेरी ही घर

मेरा ही घर क्यूँ तन्हाई से भर गया है

छोड़ कर मुझे मौत के मोड़ पर गया है

वो आया न कभी लौट कर वो गुज़रा

वो गुज़रा वक़्त बनकर गुज़र गया है।

जो कहता था सदा बहार है हुस्न मेरा

बुरे वख़्त में धूल कर अब उतर गया है,

मार बुरी है बोहत ज़ख़्म गहरे है इसके

इश्क़ का फितूर भी मुझ सा मर गया है।

आखिर कातिल कौन है इसका बताओ

जो धीरे धीरे ख़्वाबों को कुतर गया है,

मैं तभाह हो चुका अश्क़ों में भीग कर

निकाह कर वो देखो और सवर गया है।

तुम्हें देख लेने से

तुम्हें देख लेने से सवर जाती है दुनियां मेरी

कम हो जाती है इस आसमां से दूरियां मेरी,

न जाने किन उलझें ख़्वाबों की तस्वीरें हैं ये

जो यूँ ही बनाती है बे वजह उंगलियां मेरी।

इन तस्वीरों में चेहरा एक हसीन छुपा है जो

सुनो देखते ही बदल जाती है खुमारियां मेरी,

रेत पर भी यँहा घर बनाया है मैंने टूटा हुआ

मुकम्मल कुछ नहीं उजड़ी है बस्तियां मेरी।

जिस बस्ती कोई नहीं रहता न ही कोई ठहरे

वंही गढ़ी है तेरी यादों से लिपटी हड्डियां मेरी,

रंग रूप हाव भाव भी बदले है रात के अब

यार बड़ी अजीब है अधूरी ये कहानियां मेरी।

शोर में गुमनाम

ध्यान दीजिए इस शोर में कौन गुमनाम है

किस्सा इश्क़ का किस का हुआ बदनाम है,

कहीं ये हमारा तो नहीं है मेरी जाने जाना

इस बस्ती जीना जैसे अब हर पल हराम है।

फिर भी बैठे अश्क़ हमारे यँहा डेरा लगाए

निगाहों से छलका हमारी खून शरेआम है,

भीग गया है जिस्म का हर कतरा इसमें

फिर क्यों कहते हो इश्क़ हमारा नाकाम है।

वो कहता है पर उसने कभी सच नही बोला

ये रात भी मेरी तूँ भी मेरा माह ए तमाम है,

तुम बिस्तर पर प्यार जताते हो ऐसा क्यों

क्या जिस्म का व्यापार हो गई बात आम है।

शोर में गुमनाम

तुम्हें मालूम है

तुम्हे मालूम है तुम धूप जैसे खिलती हो

मुस्कुराती हो तो ईद का चाँद लगती हो,

घूंघट बादलों का क्यों ओढ़ रखा है तुमने

हमारी नज़र न लग जाए क्या डरती हो।

घायलों को मरहम दिया करो या ज़हर

तुम भी तो यहीं इन मरीजों में रहती हो,

हर किसी से मिलती हो हंस कर के तुम

जो चाहे तुम्हे तुम उसी की हो जाती हो।

गले भी मिलो कभी हम दुश्मन तो नहीं

पर तुम कत्ल के मंसूबे लिए फिरती हो,

ऐसा भी थोड़ा कोई रिश्ते निभा करते है

मर्यादा के पर्दों को तुम झुकलाती हो।

दिल कोई तहखाना है

दिल कोई तहखाना है ये तो बस बहाना है

तुम भी बनाओ बहाना जो मुझे बताना है,

तन्हा हर रात गुज़र रही है सुबह का क्या

कल खुशी परसो तुमने घर लौट जाना है।

गुज़रो गे क्या फिर से उन रास्तों पर से

बताओ उन रास्तों ने क्या तुम्हें पहचाना है,

आज तलक बहाने ही तो बनाए है तुमने

ये लौटना भी तो तुम्हारा एक बहाना है।

सोचा था कुछ पल गुज़र जाते हंस कर के

उम्र भर का तुमने दिया क्यों रोना धोना है,

मुस्कुराया करता था मैं कितना तुम भी तो

चेहरे से नूर तुम्हारा भी तो यहीं खोना है।

घर छोड़ के जाना पड़ता है

सकूँ के लम्हों को घर छोड़ के जाना पड़ता है

ख्वाहिशें खुद की दबा कर कमाना पड़ता है,

ये तीखी धूप दिखाई नहीं देती उसे आज भी

जिसे सभी रिश्तों का कर्ज़ चुकाना पड़ता है।

मेहनत करता है वो बस अपने बच्चो के लिए

खुद भीग छाता बच्चो को दिलाना पड़ता है,

छोटी छोटी खुशियों का कत्ल कर अपनी ही

गैर ज़रूरी लोगों में सुबह शाम रहना पड़ता है।

हर रोज़ निकल जाता है वो खुदारों की बस्ती

क्या जानू क्यों खुद को खुदार बनाना पड़ता है,

सस्ता है ईमान यँहा जो बिकता है बाजारों मे

इन दुकानों पर मोल खुद का लगाना पड़ता है।

बरसात कभी आँधी कभी तूफान मिलते है तो

बस चलते चलते इनसे हाथ मिलाना पड़ता है,

खूबसूरती की दीवाने है यँहा सब अपना क्या

मियाँ हर ईद सबको गले से लगाना पड़ता है।

भूख बड़ी जालिम चीज़ है पेट और जिस्म की

मियाँ तबायफ को भी बिस्तर सजाना पड़ता है,

गम में भी खुश दिखता है सुख हर रोज़ मुझ को

टूटे आईनों को भी टूट के गम छुपाना पड़ता है।

सकूँ के लम्हों को घर छोड़ के जाना पड़ता है

ख्वाहिशें खुद की दबा कर कमाना पड़ता है।

ऐसे समय

ऐसे समय आया करो मिलने मुझ से

जिस समय मिलते है सब लोग रब से,

मिलो मुझे सितारों की छांव में आकर

छांव करो जुल्फ़ों की इंतज़ार है कब से।

मुझ में कोई खास बात तो नहीं इतनी

क्यों हाथ मिलाना चाहती हो मुझ से,

पंछी भी सो गए सो गया आसमां सारा

प्यास हूँ दीदार का दीदार ना दिया कब से।

बड़ी ज़ालिम हो तुम बे रहम रहम करो

ज़ख्मी हूँ पहली निगाह देखा तूने जब से,

बेड़िया डाली मेरे पैरों में खरीद कर तूने

काश इश्क़ की जंज़ीरें माँगी होती मुझ से।

कब आओगे

कब आओगे बताओ आज भी तुम्हारी इंतजारी है

क्यों शाखों से रूठे पत्ते क्या टूटी तेरी मेरी यारी है,

बरसात का मौसम आया देखो आज फिर रुलाने

मेरी हर सांस में इन बूंदों में मिली तेरी यादगारी है।

तूँ याद भी है ओर नहीं भी मुझे सब भूल बैठा मैं

जो छाई बता मुझे क्या ये तेरी यादों की खुमारी है,

क्यों होश नही मुझे याद नही मुझे खुद का नाम

तेरा नाम रटा रूह ने निभाई सांसो से सांझेदारी है।

अब खत्म हुआ ये खेल इश्क़ का हम दोनों का

सुख अब खुदा की क़यामत की आने वाली बारी है।

हवाओं पर लिखा मैंने

सांसो की हवाओं पर लिखा नाम तेरा मिटा दिया

तेरे हर खत को मैंने दहकती आग में जला दिया,

तेरे बिन अंधेरा बोहत है चार दिवारी के घर में मेरे

तुमने ही जलाया चिराग ओर तुमने ही बुझा दिया।

ये कैसी कश म कश में डूबा हूँ मैं आज भी तेरी

आज फिर क्यों तेरी यादों ने जाना मुझे रुला दिया,

अश्क़ बहा कर मैं सकूँ ढूँढने की कोशिश में हूँ

ढूंढते ढूंढते मैंने सकूँ करीबी हर रिश्ता गवा दिया।

उम्र जो गुज़री है उस चाँद के ख़यालों में जो मेरी

उसने धूप में बने साय को मेरा हमनवा बता दिया,

मिलने का शायद इरादा नहीं है तुम्हारा फिर से

तभी तो पहली मुलाकात को आखरी बता दिया।

अपने आप

अपने आप कुछ भी नहीं हुआ होगा

उसने तो खुद को तबाह किया होगा,

मंज़र न देखा है उसकी निगाहों ने ये

भँवर मौत का उसने ही बनाया होगा।

कोई मज़बूरी होगी या हो सकता है

साँसों ने मेरी उसे सकूँ न दिया होगा,

हिज़्र ऐ तन्हाई में उसने हर शाम मेरा

एक एक कर हर ख़त जलाया होगा।

तुड़फाई होगी उसने रूह खुद की ही

जिस वक्त मुझे दिल से भगाया होगा,

अब जाने क्या वो कँहा है कँहा मैं हूँ

खामोशी में उसने मुझे छुपाया होगा।

अब भी गुज़रती हो क्या उन राहों से

जिन रास्तों ने तुम्हें रुलाया होगा,

याद आती होगी हर शाम मेरी उसे

पर उसने किसी को न बताया होगा।

बाहों में समेट गले से तो लगा लिया

पर उसने रूह को न सहलाया होगा,

आज फिर उसने मेरा नाम लिख कर

दिल से कुरेद कुरेद कर मिटाया होगा।

बहुत सी बातें

ये हँसने की बात नही तुम तो मुस्कुराती हो

टुकड़े में बांट कर मुझे फिर क्यों जुटाती हो,

खामोशी से लगाव लगता है गहरा तुम्हारा जां

नज़रें घुमा कर क्यों मुझ से नज़रें चुराती हो।

कोई गुनाह किया क्या तुमने या हमने बताओ

फिर क्यों इन अश्क़ों की गिरफ्त में जाती हो,

हम तो पहले से है तेरे आने जाने के बाद भी

अब क्यों मुझे बे वख्त यादों में याद आती हो।

हमने सिसकियाँ भर भर रात गुज़ारी है कल

क्या तुम भी देर रात हिज़्र ऐ जशन मनाती हो,

महफ़िलों में क्या बुलाओ गी हमें भी अपनी

सुना है महफ़िल में सुख को बेवफ़ा बताती हो।

क्या हुआ शहर को

मंज़र बदल गया क्या हुआ शहर को

बुझाओ अब जिहाद में जले कैहर को,

लाशों के ढेर पर सियासत दार बैठे है

बदलो अब तो लहू से रंगी सरकार को।

आसमां देखो किस कदर जल उठा है

पूछो मत झुलसे मज़ब के अशआर को,

तालीम तो सब को है सब समझदार है

दवा क्या दूं हो चुके समाज बीमार को।

नहीं धुलता दागों से भरा ईमान यँहा

रोज़ देखता हूँ खून से सने अखबार को,

सुख आ चले अब कहीं यँहा से दूर हम

जाहिल को कर इशारा समझदार को।

क्या हुआ शहर को

चारदीवारी में क़ैद

जिस्म की चार दिवारी में कैद हूँ मैं

नुमाईश कारों में कब से बर्बाद हूँ मैं,

इस बस्ती में सुना है गोष सस्ता है

कोई खरीदो मुझ को जल्लाद हूँ मैं।

रंग रूप की बातें क्यों करते है सब

मैं जो रूह के बगैर बे बुनियाद हूँ मैं,

ये बे बुनियादी बातों के ज़ायके में मैं

इस इश्क़ मोहब्बत में बे स्वाद हूँ मैं।

तुमने चखा स्वाद मेरे जिस्म का पर

पर मैं तो इस जिस्म से नाशाद हूँ मैं,

अब क्या नुमाईश की जाए खुद की

खुद की मौत के बाद आबाद हूँ मैं।

ज़ख्म सिये जाते है

ज़ख्म सिये जाते है और फिर उधेड़े जाते है

शाखों से अब सब पत्ते हर ही झाड़े जाते है,

बे मौसम होने लगती है बरसात चश्मे तर में

आब ओ तल्ख में जाम इश्क़ के तोड़े जाते है।

दरख़्त ये मेरे आंगन में उसने बोए हैं जो

बिन पानी मुरझा कर जड़ से उखाड़े जाते है,

धागे कमज़ोर हो चुके है सारे रिश्तों के अब

अब तो ज़बरन धागों से रिश्ते जोड़े जाते है।

क्या गज़ब की बात है इस बस्ती में देखो तो

यँहा रहने वाले खुद को खुद उजाड़े जाते है,

मेरा भी मकान है इसी गली के उस छोर पर

जहां सब ईमानदारों के ईमान तोड़े जाते है।

बस वही एक चेहरा है

बस वही एक याद मुझे उसका चेहरा

निगाहों पर लगा जो अश्क़ का पेहरा,

जशन मनाए गये जो उसके घर मे

मांग में उसकी सजा जो सिंदूर गहरा।

शहनाई के शोर में सदा कोई दिल की

दिल से निलकी जग बन बैठा बेहरा,

लाली सिंदूर की बेरंग हो उठी उसकी

चीख पड़ी मौत के बाद न होगा अंधेरा।

यार मेरा जुदा हुआ इश्क़ की जंग में

ये मजबूरियों ने मुझे चारों ओर से घेरा,

जीत न उसकी हुई न मेरी इश्क़ में बस

दगाबाज का खिताब हुआ उसका मेरा।

बस वही एक चेहरा है

वो जो अपना लगता है

वो जो मेरे अपनों सा लगता है

वो जो मुझे सपनों सा लगता है,

है मीठा रात का ख़्वाब कोई वो

हुब हु वो ख्यालों सा लगता है।

ये ख़्याल भी मेरा नहीं उसका है

वी मेरी चलाई चालों सा लगता है,

हो वो मुकदमा जैसे वकालत का

सुख बदली तारीखों सा लगता है।

मैं परिंदा कैद जो पिंजरे में उसके

वो मुझे इन सलाखों सा लगता है,

तलबगार हूँ मैं असल मे उसका

वो गैर ज़रूरी ज़रूरतों सा लगता है।

ज़रा देखूँ तो सही

ज़रा देखूँ तो ये नज़रें घुमा कर

दिल का हाल ऐ खबर पता कर,

मर गया या कुछ साँसे बाकी है

दम घोटे है पल पल सत्ता कर।

राज़ है कोई कोई दास्तां है तू

तू दूर हुआ जो इश्क़ जता कर,

इश्क़ हुआ नहीं ये जो मुझ को

मै हारा हूँ बाज़ी तुझे जीता कर।

ख़्वाब के रस्ते दिखाई देते है ये

कौन गुज़रा है ख़्वाब मिटा कर,

जाना है क्या जन्नत तूने मेरी जां

मुझे भी ले चल अपना बना कर।

ख़ुद से ख़फ़ा क्यों

ख़ुद से ख़फ़ा क्यों हमको तो पूछो मत

नाराज़ हूँ पता है तुमको तो पूछो मत,

मालूम करो रात क्यों इतनी अंधेरी है ये?

चाँद को पूछो हम चिरागो को पूछो मत।

हम बुझ चले हैं जलकर इस आग में जो

लोह थी कितनी हम दियों को पूछो मत,

रोशन किये कुछ पल के लिए ये पल

क्यों हुए रोशन? मेरे सायों को पूछो मत।

आर पार की बात है अब उतरो समंदर में

उस पार का पता तुम हमको तो पूछो मत,

तैरना आता है तैर कर जाओ उस पार

जाने को अब टूटी कशितयों को पूछो मत।

साज़िश कर बैठा मैं क्यों खुद की खिलाफ

मेरे दोस्त कोन ये दुश्मनों को पूछो मत,

आये क्या रोशनी रोशनदान से चारों ओर

ये सुराख क्यों है? अब दीवारों को पूछो मत।

साये पीछा करते है हर एक का या मेरा

मेरे कदमों को पूछो ये राहो को पूछो मत,

मलूल दिल का मामला है अब ये इश्क़ का

नाज़ुक जयति बात है सुख को पूछो मत।

ज़ख़्म हरा रहता है

आज भी वो ज़ख़्म हरा रहता है

शोक से वो मुझ को दर्द देता है,

गूंजी नहीं सदा उसके नाम की

वो बिना कुछ कहे सब कहता है।

है क्या आखिर इश्क़ ऐ वफ़ा ये

इस दौर में वफ़ा कौन निभाता है?

सहन होता नहीं फिर भो मोह है!

मोह मेरा उसको भी रुलाता है।

उदासी में मुस्कुराहटें है सुख की

उदास दिल लेकर जो मुस्कुराता है,

थम जाता है ये जहां मेरे भीतर का

वो जो तूफ़ानों के साथ बहाता है।

आपसे प्यार है

आप से तो प्यार है आप तो चलते जाइये

आप आप तो बस मुझ में मिलते जाइये,

घुल जाइये कुछ यूँ साँसों में जैसे हवाएँ

दम आखरी है दो साँसे और भरते जाइये।

मिटा दीजिये दीवार जो है हमारे दरमियां

इस पार से उस पार आप मुझे लेते जाइये,

बड़ी उलझन की बात है उलझा सा मैं हूँ

तुम तो समझदार हो, मुझे सुलझाते जाइये।

किस ने रोका मुझे कहीं मैंने खुद तो नहीं

अगर हाँ तो मेरा वजूद भी मिटाते जाइये,

जीत जाऊंगा तुझसे उम्मीद कुछ ज़्यादा थी

रोशन आसमां रहे ये उम्मीद कुछ ज़्यादा थी।

पल भी ना लगा तुझे सवेरों को रात करने में

इन अंधरों की चमक फ़रीद कुछ ज़्यादा थी,

महसूस न हुआ कुछ आहट उनकी सुनाई दी

उनकी चमक में भी दीद कुछ ज़्यादा थी।

आज अकेला पड़ा सुनसान हुआ वीरान शहर

बगैर चाँद हमने मनाई ईद कुछ ज़्यादा थी,

तुम इन गलियों से गुज़रे जब बनकर मुसाफ़िर

उनके चाहने वालों की भीड़ कुछ ज़्यादा थी।

जीत क्या जो जीता वो उनसे सब हार गया मैं

हारा मैं उनकी दुआ में रसीद कुछ ज़्यादा थी,

उनको हुसन पर अपने ख़ुदी रही उम्र भर की

सुख के हर ज़ख़्म हुई कसीद कुछ ज़्यादा थी।

शाम अचानक

शाम अचानक यूँ होश में आने लगी

जिसके नशे में मैं था वही सताने लगी,

टुकड़े टुकड़े हुई हर उम्मीद ऐ वफ़ा ये

वफ़ा की क़ज़ा के वो मुझे रुलाने लगी।

रिश्ते नातें है क्या मेरा कोई रिश्ता नहीं

ओर वो रिश्ता नाज़ायज़ बनाने लगी,

एक तरफ़ा इश्क़ दो तरफ़ा हुआ नहीं

हुआ जो हुआ खैर के कुछ हुआ नहीं।

शह क्या रखूँ उस्से जो हर शह है मेरी

जब शह वो किसी गैर को बनाने लगी,

सुनते रहे गवाही झूठी सितारे भरते रहे

एक न सुनी जब वो अपनी सुनाने लगी।

आवारा ख़्याल

आवारा ख़्याल हसीन ख़्वाबों तले दबाए गए

दिन और रात उनकी जुल्फ़ों तले बिताए गए,

महज़ कुछ साँसो की कमी खटकी है मुझ में

हवाओं के झोंके उनकी साँसो तले चलाए गए।

गुज़रे है दिन कुछ यूँ हमारे जो गुज़र न सके

कल वो आएंगे इन्ही आसों तले बिताए गए,

यूँ ही गुज़रा ज़माना उनकी आने की खुशी में

हर दिन ओ रात जशन गम तले मनाए गए।

जलते रहे हम हर रात हिज़्र की आग में जब

इश्क़ पैगाम ख़त जब चाँद तले जलाए गए,

सुख बसे कँहा किस बस्ती जाकर और देखो

जहाँ से उजड़े हम वहीं फिर दुबारा बसाए गए।

किसने रोका है तुम्हें

किस ने रोका है तुम्हें निकल जाओ न मुझ में से

मैंने रोक है क्या, मैंने तो नही! निकलो मुझ में से,

किस का इंतज़ार है तुम्हें शब का या अंधरों का

अंधरों में हूँ चाहो तो अंधेरा चुरालो मुझमें से।

अदा करो मुझे कब्र, कफ़न को मेरे मिट्टी ज़रा!

अब टीस की सदा बनकर निकलो मुझ में से,

घट जाने दो ये अंधेरे सूली चढ़ जाने दो मुझ को

मौत हुई मेरी तुम रूह बनकर निकलो मुझ में से।

ये भी नहीं मंज़ूर क्या तुम्हे जां जिस्म बनोगी क्या

जान हो तुम बेज़ान होकर मत निकलो मुझ में से,

छीना झपटकी कर क्या पाओगी सुख को जाना

छीना लिया है सब मेरा अब निकलो मुझ में से।

किसने रोका है तुम्हें

तुम जहाँ चाहो

तुम जहाँ चाहो कहीं भी यँहा घर बना लो

आज़ादी है तुम्हें आसमां को घर बना लो,

पँख फैलाओ पहले गर उड़ना चाहते हो

यँहा उड़ना है तो परिंदो को यार बना लो।

यार बेहतर है वो इन इंसानों की यारी से

उनकी यारी को तुम इश्क़ मज़ार बना लो,

सज़दा किया करो हर शाम लौटो जब घर

शाम की धूप को एक खुमार बार बना लो।

इस पार से उस पार लगना है क्या तुमने

हाँ तो खुद को मज़बूत पतवार बना लो,

कैसे मापोगे तुम इन नदियों की धार को

मापन हो तो खुद को तेज़ धार बना लो।

नाकाम

क्यों चैन नहीं मिलता दिल को बेचैनी के उबालें है

मैं ही हूँ परेशान या मेरी सोच की ये गहरी चालें हैं,

साज़िश रची एक दफा फिर उसने मेरे खिलाफ

मैं ही, हूँ मैंने खुद के कत्ल की रची नाकाम चालें है।

ढाल लिया है मैंने खुद को ख़ुदारी के रंग ढंग में अब

मैं सादा क्या हुआ सुना है के वो अब सवरने वालें हैं,

हवाला दे कोई ऐसा खिलाफ नहीं मैं साथ हो जाऊँ

मुझे सताए ये डर है तेरे साय में अंधेरे होने वालें है।

रात के अंधरों में खैर मैं वैसे भी रहता आया हूँ जां

क्या फ़र्क है रात के अंधरों में चिरागों के उजालें है,

बहरों की बस्ती में गूंगे सा सुख चिल्ला तो रहा है

अब गैरों से कहूँ या तुझ से यँहा अब सुनने वालें है।

नाकाम

मुझको देखो

मुझको देखो मैं बदल रहा हूँ

गिर गिर कर मैं सम्भल रहा हूँ,

ढलती शाम का ये आलम है यूँ

मैं खुँ बै खुँ अब उगल रहा हूँ।

अंजाम ऐ जां ऐ मर्ज़ी जो तेरी

मैं मर्ज़ी तेरी को बदल रहा हूँ,

हर घड़ी ब घड़ी हर पल मैं तो

इस मौसम सा मैं बदल रहा हूँ।

कभी धूप कभी छाँव कंही कंही

ओर सूरज सा मैं जल रहा हूँ,

बदलते दिन ये हर शब में जाना

मैं शब में चिराग सा बल रहा हूँ।

ज़िन्दगी से क्या शिकवा

ज़िन्दगी से क्या शिकवा करूँ खुद से कोई गिला नहीं

गीले जो है दबा लिए दिल ने दिलदार कोई मिला
नहीं,

फ़रेब से भरे चेहरे भरे पड़े है यँहा इस बस्ती में जाना

गुज़रो यादों से होकर ज़ाकिर मेरी बस्ती में आना
नहीं।

चेहरे सब एक से दिखाई पड़ते है इन राहों में अब तो

जो राहों से गुज़रा वँहा अपना बेगाना कोई मिला
नहीं,

हस्तियां बड़ी बड़ी रहती है बेशुमार दौलत भी है
मेरी

हुस्न की चादर में अपनी इश्क़ मेरा तुम जड़ाना नहीं।

ओढ़ कर सो जाओ इस हुस्न की चादर को अपनी

सिला दो मगर दर्द नही इन दर्दों को ओर बढ़ाना
नहीं,

नकाब लगाए घूम रहा है सुख ढूंढ रहा है खुद को अब

जो असल चेहरा गुमा जाना ताउम्र मुझे मिला
नहीं।

तुम्हारी नज़रों में

तुम्हारी नज़रों में न जानू, जाना जादू कैसा है

भूल जाता हूँ सब कुछ अपना जादू ऐसा है,

ऐसा कैसे हो सकता है मेरा मुझ में कुछ नहीं

तुम्हारी नज़रों में सुरमा अब भी पहले जैसा है।

लगा था धूल जाएगा अश्क़ों की बरसात में ये

ये सुरमा तुम्हारा पलकों में बैठा मेरे खूँ जैसा है,

खूँ से लिख कोई ख़त सियाही बना अश्क़ों की

हाल ऐ अपना बयां करना जो अब जो जैसा है।

रंग लाल से काला हो गया इन अश्क़ों का जां

मेरे हर ज़ख़्मों का रंग आज भी पहले जैसा है,

मेरी उधेड़ी गई खाल काट दी गई मेरी ज़ुबाँ भी

हाथों में तुम्हारे चाकू आज भी तो कल जैसा है।

मन की स्लेट पर

मन की स्लेट पर तस्वीरें दिल बनाने लगा

अंजुमन में यादों की नाम उसका आने लगा,

जिसने मिटा दिया है हर निशान मेरा खुद से

वो मेरी हर साँस में गर्माहट बन छाने लगा।

छाई है काली घटाएँ आसमानों में सर्द हवाएँ

सर्द हवाओं से घर के चिराग वो बुझाने लगा,

ख़्यालों में ख़्याल है के नहीं उसका बताओ

बताओ जिसका ख़्वाब मुझे सताने लगा।

नींद न आई तुम साथ ले गयी सकूँ मेरा जाना

जां सरोकार में इम्तियाज़ दिल का होने लगा,

इख़्तियार ये जज़्बातों पर से मिटने लगा मेरा

मेरे ही हाथों से जब क़त्ल इश्क़ का होने लगा।

बस करो

बस करो अब इस आसमां को सो जाने दो

मुझ को तुम्हारे ख्यालों में खो जाने दो,

भीगी पलकों से करो सवाल गर करना हो

मुझे सवालों के जवाबो की तरफ हो जाने दो।

तरफदारी मेरी कोई भी नहीं करता अब तो

अब तो मुझ को खुद की तरफ हो जाने दो,

इस तरफ हूँ मैं उस तरफ जाने कौन खड़ा है?

वेशत ऐ दरिया भीतर मुझे पार हो जाने दो।

आसमां तो बहुत दूर है अभी मेरी पुहंच से

मुझे सरे आम उस चाँद की तरफ को जाने दो,

पँख फैलाए है उड़ान की कोशिश में जाना

मुझे मुज़दा ऐ उड़ान का इशारा हो जाने दो।

दूर दूर तक

दूर दूर तक देखूँ तो कुछ न दिखाई देता है

क्या मैं अकेला हूँ जो कोई न दिखाई देता है,

सदा कँहा चली गई मेरे कानों में जो आई थी

आई थी के नहीं मुझे तो कुछ न सुनाई देता है।

पायल की छनकार जां तुम कँहा छनकाती हो

जिनके लिए छनकाती हो उनको सुनाई देता है,

मुझे तहस नहस कर गई हो तुम जाने जाना

टूटी तो तुम भी हो क्या तुम्हें दिखाई देता है।

हर दर्द में मेरे क्या हंसी छुपी है तुम्हारी या मेरी

टूटे आईने के टुकड़ों में छुपा दर्द दिखाई देता है,

शब ऐ चाँद की आबरू में छुप जाऊं दर्द लेकर

चाँद भी गैरों की छत पर टहलता दिखाई देता है।

तुम बहुत याद आओगी

तुम बहुत याद आओगी पल पल मुझे रुलाओगी
ज़माने ने सताया मुझे क्या तुम भी मुझे सताओगी,

मुस्कुराती हो बड़ी शान से ये दिल जलाकर जाना
हम दिलजलों को बताओ और कितना जलाओगी।

अभी तो सुलग रही है आग और जल रहा हूँ मैं
ये धुएँ में क्या तुम अपनी आँखे भी खोल पाओगी?

नज़रें मिलाओ मुझ से गर है हिम्मत तुम में तो
या नज़रे झुकी झुकी लेकर यँहा से लौट जाओगी?

साज़ों समान बांध लिया सारा अपना आज तुमने
यादें भी ले जाओ या इन्हें भी यूँ ही तड़पाओगी?

छोड़ना है तो चाँद को बोलो अब निकलना छोड़े
तुम मेरी चाँद अब आसमां में जो चली जाओ गी।

बहुत सोचा मैंने

बोहत सोचा मैंने मैं तुम्हे भूल जाऊं

या जो बीता कल है उसमें घुल जाऊं,

किस तरफ जाना चाहिए बताओ ज़रा

या मुर्दा बनकर तेरी यादों में मिल जाऊं।

खुशियां देकर गम की आग सुलगाई है

क्या इस हिज़्र की आग में जल जाऊं,

तुम ही मेरे खुदा इबादत करी हर बार है

क्या नाराज़ होकर तेरे दर से चल जाऊं।

तेरी खुशी में ढलता सूरज कभी देखा नहीं

क्या हर शाम की तरह अंधेरों में ढल जाऊं,

दुआओं में अपनी मत ढूंढो मुझे यँहा वँहा

सुनो ज़रा क्या पता बदुओं में मिल जाऊं।

मुमकिन नहीं रहा

मुमकिन नहीं रहा तेरा बिछड़ कर मुझ से मिलना

तूने ज़रा नहीं चरागों से रात भर मेरा बातें करना,

पल भर का सफर था उम्र गुज़ार दी गई चलने में

जो उम्र गुज़री तेरे संग, बिन तेरे अब कैसा चलना?

थक हार कर बैठे है जिस दरख़्त की छांव में हम

इसी छांव के सकूँ में हमने है जाना यहीं मरना,

दूर दुनिया से एक जहां बसा बैठे है जो ख़्वाबों में

उन परिंदो का न रहा हमसे कोई मिलना जुलना।

शहर है अजनबियों का यँहा लोग कमाल करते है

सबको आता है यँहा निगाहे दरिया में पानी भरना,

खुद तो तुम रोशन हुए बैठे हो चारों और से तुम

हमारे बुझे चिराग चिलाए उनके बिन कैसा जलना।

राहों में धुप तीखी सर पर आसमां नीला निकले

जब हो मौत मेरी न देना ज़मीं हो मेरा ऐसा मरना,

न कफ़न कोई करना अदा न कोई मनाना शोक

जब सुख ने हो तेरी यादों से तन्हा ता उम्र गुज़रना।

कुछ रास्ते

कुछ रास्ते सच बायां किया करते है

दर्द कुछ ज़ख्म गहरे दिया करते है,

अपनों से उम्मीद न बाकी अब कुछ

अपने ही खंज़र से वार किया करते है!

यादों की बारात में अक्सर हम उनकी,

वो पीछे हम आगे आगे हुआ करते है।

हर रात निकलते है जुगनू शर्माते है

जब इन्हें वो हाथों से छुआ करते है।

जशन मना कर हम अपनी हार का

जाम उनकी निगाहों से पिया करते है,

बहक जाते है जाने क्यों सब ज़ज़्बात

जो हर दिन दो पल जिया करते है।

दो पल की है हमारी ये ज़िन्दगानी जो

सब लोग चार दिन की बताया करते है,

जो बताते है प्यासे अपने आप जो जां

वही लोग हमारे कुओं से पिया करते है।

कुछ रास्ते सच बायां किया करते है

दर्द कुछ ज़ख्म गहरे दिया करते है।

कुछ नहीं होता

कुछ नहीं होता दिल का गम खुद में छुपाने से

दर्द बस बढ़ता जाता है दर्द खुद में दबाने से,

हंसी लिए होठों पर दिल में गम छुपा कर हम

जी रहे है वँहा जहां सब डरते है मर जाने से।

हंसी आती है इन डरपोकों पर हमको अब तो

रोया भी नहीं जाता निगाहों में अश्क़ आने से,

ये सितम है की जीते जी हम दोनों मर चुके है

साँस चले जो रोको मिले सकूँ खत्म होने से।

बज़ारों में हुस्न की भीड़ है उनके शहर पर हम

हम है उस गली जहां लोग कतराते है आने से,

राहों के पत्थर सिर्फ सच बयां किया करते है

सच सीखा है कहना हमने भी ठोकर खाने से।

आना जाना किया करो फकीरों के शहर मियां

दुआएं पड़ो हो न इश्क़ कभी अपने बेगाने से,

जो गुज़रा वो दिल के शामियाने से गुज़र गया

अब न गुज़रने दूँ मैं उसे दिल के तहखाने से।

कुछ नहीं होता

ज़ज़्बात ऐ किताब

मेरा नहीं उसका नाम ज़ज़्बात ऐ किताब बन गया

हसीन था वो चेहरा न जाने मेरा कब बन गया,

उम्मीद ऐ कदम धड़कन छोड़ दिया था दिल ने

वो कदमों की आहट धड़कन मेरी तब बन गया।

कदमों के निशां मेरे कभी न बने मिसर की रेत पर

न जानू मैं उड़ती धूल वो मेरा कब रब बन गया,

मेरा तो कुछ भी नहीं है न जान ऐ जिस्म ना रूह

ना रूह मेरी मेरी रूह न जानू मैं वो सब बन गया।

मालूम तो शायद इस आसमां को भी नहीं होगा

उजालों से रिश्ता कब अंधेरा ऐ चाँद शब बन गया,

मुर्दा मुसाफिर ताक में वो करे कब्रिस्ता कब्र अदा

न जानू मैं वो इस मुर्दे का कफ़न वो कब बन गया।

कब्र पर मेरी लिखा है जाना आज भी तेरा ही नाम

वही एक लिखा नाम ज़ज़्बात ऐ किताब बन गया।